WER etwas zu schaffen versucht, darf sich durch einen schlechten oder guten Ruf nicht allzusehr aus der Ruhe bringen lassen, sich durch einen wohlwollenden Klaps auf den Rücken nicht in Verzückung versetzen oder durch einen Schlag aufs Maul nicht entmutigen lassen.

Sean O'Casey (1880–1964) Bau- und Bahnarbeiter,
Dramatiker des irischen Freiheitskampfes

Originalausgabe
mit 543 Sprüchen und Aproporismen
aus Klages Tages-Spruch-Kalender
nebst 51 Eckwegkarten von Kuno Klaboschke

Card-Design: Mario Eisenbarth
Cartoons: Dietmar Grosse
Titelfoto: Thomas Tietz

ISBN 3-00-011112-3

Verlag:
Up-to-Date-Kalender AG, 83629 Weyarn
e-mail: KlagesEdition@t-online.de
www.up-to-date-kalender.de

DTP-Composing: Marktsatz Media, München und Binelli, Bologna
Gesamtherstellung: Universitätsdruckerei Wolf & Sohn, München
Printed in Germany

Klaus Klages gezügelte
und Kuno Klaboschkes
ungezügelte Worte

"Das Schlimmste für den Humor ist der Ernstfall"

Sprüche und Aproporismen

Nebst einer Auswahl von Kuno Klaboschkes Eckwegkarten zur Rettung der Umwelt

Herausgeber:
K. Lauer   Prof. Peter Silie   Hau Tscho Hi

für Dich, lieber Klaus,
viel Glück und alles Gute Dein Dietmar

Zuvorwort

Du hast dieses Buch gekauft, lieber Leser. Vielleicht auch gestohlen oder ausgeliehen, was nicht selten dasselbe ist. Es ist jedenfalls in deinem Besitz, vermutlich, weil du neugierig bist. Und Neugier ist gut für alle, die sich gerne der eigenen Fantasie ausliefern.

Wahrscheinlich bist du kein homo zappiens, sondern ein Mensch, der Buchstaben noch buchstäblich und gern mal ein Buch zur Hand nimmt. Dieses – nicht so dick wie Baruch, die Bibel oder Bebel - will dich zum Lachen, Lächeln oder Schmunzeln bringen. Es enthält gezügelte Worte und ungezügelte Worte. Es stillt nicht den großen Lesehunger, aber den kleinen Appetit zwischendurch. Du findest Denkanstöße zwischen den Deckeln, vielleicht auch Schenkanstöße: Kurze Aphorismen sind eine gute Würze für Reden, Briefe und Mailings, fürs Gästebuch und Testament. Geistreiches geht immer unter die Haut – die Kopfhaut.

Die Herausgeber Professor Peter Silie, Hau Tscho Hi und K. Lauer sind übrigens auch begeisterte Hereinnehmer. Sie sammeln geistreiche Zwei- und Dreizeiler für Klages Tagesspruch-Kalender, der die Wende an die Wände bringt (www.up-to-date-kalender.de). Abgewendet haben sich Autor und Herausgeber von Kuno Klaboschke, der dir im hinteren Teil dieses Buches auflauert. Dieser ist übrigens auch jener, der die Eckwegkarte erfunden hat.

Um Ciceros "Gunst der großen Masse" etwas näherzukommen, hat der Verlag die Kunst der besten Schriften-Designer der Welt bemüht. Das Buch wurde in 364 verschiedenen Schrifttypen gesetzt. Das führt nicht gleich zur "aura popularis", ist aber sicherlich von großem Interesse für alle, die anspruchsvoll mit Schriften umgehn. Professionell oder privat – weil's immer auf die Lesart ankommt.

Herzlichst
Klaus Klages

Weyarn in Bayarn

DIE FRAGE IST, OB WIR ANTWORTEN HABEN

Danachwort

Es gibt geflügelte Worte, gezügelte Worte und gebügelte Worte. Man unterscheidet auch zwischen gezügelt-geflügelten Worten und ungezügelt-beflügelnden beziehungsweise gerügten und gebügelten Worten. Sind diese genügend gerügt und gebügelt und somit auch gebührend gezügelt, werden sie leider kaum noch geflügelt.

Hier ein Beispiel für ungebügelte Worte, die es verdient hätten, geflügelt zu werden: "Paragraphen sind ein steter paradoxer Parameter dafür, dass die Menschen stoisch, paradigmenmäßig paranoisch Parasiten tolerieren, die nach BRAGO abkassieren!" Dieser Aproporismus ist allen Abgemahnten und Abgesahnten gewidmet: Es gibt eine Werteordnung und eine Streitwerteordnung. Und Rechtsanwälte, die dir den Unterschied gern erklären – für eine Achtelgebühr oder so.

K. Lauer, der im Fränkischen Jura studiert hat, spricht von Robenfängern, nicht zu verwechseln mit Bauernfängern. Und wenn wahr wird, was der Seher Hau Tscho Hi weissagt, kann einem schwarz vor Augen werden.

Meine ungezügelten Worte findest du, werter Leser, im hinteren Teil, also rückwärts blätternd ganz vorne. Dazwischen warten die Eckweg-Karten. Diese Werbe-Satire (Anwälte wählen das hässliche Wort "Markenverunglimpfung") hat schon viele Markenmenschen auf die Palme und Landgerichtsräte ins Grübeln gebracht. Mal sehn, wie du das siehst ...

Grüßen möchte ich noch Kunigunde Klaboschke, die Staatsanwaltschaft München II und alle, die ich kenne.

In Festen treu –
Kuno Klaboschke

**Geld stinkt nicht.
Vor allem denen,
die genug davon haben**

***Herren sind Männer,
die sich Damen vorstellen,
denen sie nachstellen***

Jede Null
verzehnfacht
das Problem

ITC Kabel bold · Bodoni Bold Italic · Eurostile Extended Two

FLIEGEN IST UNGEFÄHRLICH,
WENN MAN GENAUSO OFT
LANDET WIE STARTET

ICH UND DU, ENGLANDS KUH,
ENGLANDS ROASTBEEF,
DAS ISST DU

Nichts verbindet
so unverbindlich
wie das Internet

Copperplate Gothic Bold · Monaco · Comics Cartoon

Gameboy ist das perfekte Geschenk für Kinder, die alles haben – außer Eltern

Wer fremdgeht, liebt über seine Verhältnisse

Beton:
es kommt drauf an,
was man drauf malt

The Serif Extra Bold Plain · Helvetice Neue Extended Medium Oblique · Sand

Der Kommunismus
ist kapitalen Fehlern
zum Opfer gefallen

Richtiger Sex
ist heute leichter zu haben
als sechs Richtige

Die Inflation
ist die Busenfreundin
der Neuverschuldung

Trixie Text · Fenice Bold Italic · Chicago

Die meisten Menschen
leben durch die Bank
schlechter

***Fremdgehn ist ungefährlich –
beim Fremdliegen
beginnt das Problem***

**Meetings sind
sagenhaft: Jeder sagt was,
keiner haftet**

Der In-Typ hat,
egal wie's heißt, alles
was der Zeitgeist scheißt

***Eine Frau ohne Fahrrad
isst ihren Fisch
wie ein Mann***

Um Erfolg zu haben,
muss man
aus dem Wollen schöpfen

Weidemann Bold · Block Berthold BQ Italic · Georgia

Da geht man
in sich,
und keiner ist da

Oft sind Scheidungen
nur die Folge
einer Mid-Wife-Crisis

Wie kann man
wach sein,
wenn das Talent noch schläft?

Lucida Handwriting · Garamond Bold · Skia

Wer den Hering
nicht ehrt
ist den Hummer nicht wert

Fürchtest du das Rind,
das tolle, nähre dich
von deutscher Scholle

Das Geld geht schnell
zum Teufel, wenn man
auf Engel fliegt

Minion Bold · Eurostile Demi Oblique · Garamond Light

**Kampf den Faxisten!
Schreibt mehr
Karten und Briefe**

**Lieber
ärmlich leben
als reichlich sterben**

VIELE STUDIEREN
NACH DEM ABITUR
ERST MAL BAFÖG

ITC Century Ultra · Helvetica Neue Extended Heavy · Lithos Regular

Am Teuersten
ist das Auf und Ab
in der Rüstung

Rezession ist,
wenn die Löhne fallen
und die Diäten steigen

Leute,
die nicht aufgeben,
sind Floptimisten

Century Gothic · Americana Bold · ITC Century Bold Italic

Das Teuerste
an überzogenen Wünschen
sind am Ende die Konten

***Gegen
die Versuchung
hilft oft der Versuch***

**Steuerfahndung ist,
wenn sich die Öffentliche Hand
zur Faust ballt**

**Nur die Dunkelheit
ist echt – aber
das Licht scheint so**

***Jede Brücke
ist eine
Übergangslösung***

DAS PRINZIP,
AUF DEM VIELE RUMREITEN,
IST EIN LAHMER GAUL

Univers 65 Bold · Fenice BQ Ultra Italic · Old Style Seven Small Caps

Dementi ist die
Bestätigung einer Nachricht,
die vorher Gerücht war

**Wer den Schaden hat,
spottet jeder
Beschreibung**

**Der Tote
war der Rechthaber
unter den Linksabbiegern**

Century Expanded Regular · Arnold Böcklin · Trade Gothik LH Bold Extended

**HARIBO rät allen Pärchen:
vor dem Schlafen
Gummibärchen**

**Auch die besten
Kanonenkugeln
sind Ausschussware**

Frauen machen sich schön,
damit sie nicht plötzlich
ganz schön dasteh'n

VAG Rounded Bold · Times Bold · Avenir Roman

Wir haben alle denselben Gott,
aber mit den Religionen
ist es ein Kreuz

**Nicht alle, denen
etwas zu Kopf steigt,
haben einen**

WER IN SICH GEHT,
DARF NICHT ERSCHRECKEN,
WENN ER ANKOMMT

Novarese BQ Medium · Block Berthold BQ Heavy · Copperplate Gothic Light

The early bird
catches the worm - Würmer
hassen Frühaufsteher

**Wenn das
Frauenzimmer schön ist,
kann die Stube hässlich sein**

*Wer mit
gewagten Gedanken spielt,
kann verlieren*

Optima Regular · Gadget · Minion Semibold italic

Auch die allerliebste Maid
kann als böse
Schwiegermutter enden

***Man muss
das Chaos nehmen,
wie es ist***

Nimm Rücksicht
auf Wartende,
faxe dich kurz

Übermorgen bekommen Sie mein endgültiges Vielleicht

Der mutige Ganove
wird Bankräuber,
der feige Bankdirektor

Die Leasing-Rate macht jeden Sportwagen zum Lastwagen

ITC Century Bold · Trebuchet MS · Univers 65 Bold Oblique

Beim Blick
in den Spiegel
graute dem Morgen

**Nicht mit jedem
Zeitgenossen hat man
seine Zeit genossen**

*Nenne mir deinen Namen
und ich sage dir,
wie du heißt*

Helvetica Neue Extended Light · Garamond Ultra · Weidemann Medium

***Nicht jeder,
der seines Glückes Schmied ist,
hat einen Amboss***

Gewisse Politiker
sind wie Apfelsaft:
naturtrüb & käuflich

Mancher ist arbeitslos,
weil er ein loses
Verhältnis zur Arbeit hat

Textile · Khaki Two · Antique Olive Roman

Mänätscher sind meistens in Meetings

Phrasenweise kommen die Redner zur Sache

Kein Mensch ist zu dumm, für hohe Einschaltquoten zu sorgen

Futura Extra Bold · Concorde Italic · Lucida

Wer auf
Kredit kauft,
stottert auf Raten

Entscheidungsträger
haben ihre Muskeln
im Kopf

*Nichts ist schöner,
als Genie zu sein und es
als einziger zu wissen*

Eurostile Demi · Veljovic Bold · Weidemann Black Italic

Jeder Chirurg ist
Aufschneider, aber nicht
jeder Aufschneider Chirurg

***Wenn es Buhmänner gibt,
müsste es auch
Buhfrauen geben***

Hohe Einschaltquoten
sind das Geschäft
mit niederen Instinkten

ITC Kabel Medium · Goudy Heavyface Italic · Serif Gothic Bold

QUOTENFRAUEN
SIND NUR TOTAL
PROPORTIONAL OPTIMAL

**Mancher
hat nur im Stau
einen Standpunkt**

*Nicht jeder,
der Bücher least,
ist belesen*

The Serif Extra Bold Caps · Bodoni Poster · Helvetica Neue Extended Medium Oblique

Die Telefonseelsorge will die Hotline zu Gott sein

Nicht jede junge Frau im Management bedeutet Miss Management

Ist das Geld bis Lenz nicht sauer, kauft sich einen Benz der Bauer

Stone Sans Bold · Esprit Medium Italic · Eras Demi

Ruhm ist wie Rahm:
Man muss ihn
ganz langsam abschöpfen

Kleptomanen
nehmen alles
ganz leicht

Hätt' es doch
im Garten Eden diesen
Obsttag nie gegeben

Franklin Gothic Book Oblique · Eras Ultra · Belwe Medium

RECHNEN, LESEN, SCHREIBEN
TUT ER – NUR NICHT DENKEN,
MEIN COMPUTER

Nicht jeder
betrunkene Soldat
ist ein Blauhelm

**Die Pflicht ruft –
oder hat sie etwa
nur geflüstert**

**Bundestag?
Organisiertes
Versprechen**

*Macher sind angenehm,
wenn sie
zu Vermachern werden*

***Erst schließen wir
die Augen,
dann seh'n wir weiter***

New Century Schoolbook Bold · Futura Oblique · Stone Sans Bold Italic

Der Irrtum ist ein entfernter Bekannter

In der Ehe wird oft aus der Holdinggesellschaft eine Schachtelbeteiligung

Wenn die Grippewelle ausbleibt, sind die Apotheker verschnupft

Eras ultra · ITC Garamond Book Italic · Charcoal

Psychiater sind Leute, die Leid mit Freud vertreiben wollen

Es gibt zu viele, die sich von Vater Staat bemuttern lassen

Den letzten beißen die Kunden

Concorde Bold italic · Gadget · Blackoak

BÜROMANEN
SIND GANZ HEISS
AUF ÜBERSTUNDEN

**Wer geistreich ist,
kann gar nicht
arm sein**

***Nicht jeder,
der einen Kater hat,
ist tierlieb***

Copperplate 32 AB · Poppl Pontifex Black · Futura Extra Bold Oblique

Make-up ist dick aufgetragene Kritik am Schöpfer

Was unterhaltsam anfängt, endet oft mit Unterhalt

Small Talk ist angesagt, wenn man sich nichts zu sagen hat

Veljovic Black Italic · Memphis Medium · Post Antiqua Bold

Der brave Mann denkt an sich. Selbst zuletzt

Zahnärzte leben davon, dass sie nach jedem Wurzelziehen addieren

Gute Beziehungen schaden nur dem, der sie nicht hat

Flörten heißt, wollen zu dürfen, ohne können zu müssen

Jedes Ding hat zwei Seiten. Mit Rechtsanwalt drei

Patienten, die keine dummen Fragen stellen, hat nur der Tierarzt

Zeit hat meistens,
wer nicht immer
mit ihr geht

Mädchen, die heiraten,
tauschen das gewisse Etwas
gegen etwas Gewisses

***Schade, dass Nachrufe
für Bewerbungen
zu spät kommen***

Eurostile Extended Two · Albertus MT · ITC Century Bold Italic

Ein Lächeln
bleibt selten
allein

BEI TRINKERN
SPRICHT SICH ALLES
RUM

Zähne fallen immer zur Zufriedenheit der Zahnärzte aus

Sand · Le Asterix · Courier Bold

Unerreicht
sind nur noch
Leute ohne Handy

**Das Leben
ist zu kurz
für lange Meetings**

**Wie krank ist ein Land,
in dem die Rechtsanwälte
mehr verdienen als Ärzte**

Utopia Bold · ITC Century Ultra · Berliner Grotesk BQ Medium

Sommersprossen sind vom Umtausch ausgeschlossen

Überstunden sind die Risiken & Nebenwirkungen jeder Karriere

In der Regel suchen wir am liebsten die Ausnahmen

Manche gehen
Ehen ein und dann
in diesen Ehen ein

**Die Meinung
über den Atomstrom
ist gespalten**

***Vertrauensärzte
leben vom
Misstrauen***

Avenir Medium · Optima Bold · Cheltenham Bold

Lieben, Leben,
Leiden, Laster:
Alles kostet leider Zaster

Das Mittelmanagement
hat meistens nichts
als Bedenken

Bei Tante Emma
kam noch
Güte in die Tüte

Lifestyle ist die teure Art,
genauso auszusehen
wie alle anderen

**Es ist nicht
alles himmlisch,
was von oben kommt**

*Modern Art ist,
so zu handeln, dass man
hoch gehandelt wird*

Avant Garde Book · Arnold Böcklin · Helvetica Neue Extended Light Oblique

Das Standesamt heißt so,
weil man danach
viel durchsteh'n muss

DIE ERFOLGREICHSTEN UNTERNEHMER SIND ÜBERNEHMER

Meetings sind Kaffeekränzchen mit Akten

NICHTS IST
SO BERUHIGEND
WIE EIN FREMDES CHAOS

Graffiti heißt,
dass Teufel Engel
an die Wand malen

***Es gibt ein Leben
nach dem Tod:
das Aufleben der Erben***

Comics Car Toon · Sho Roman · Concorde Bold Italic

Das Wetter
ist zu wahr,
um schön zu sein

Schenkt Aufmerksamkeit,
die kann man
nicht umtauschen

Wenn die Ideen wüssten,
was die Leute
aus ihnen machen

Courier Bold Oblique · Berling Bold · ITC Kabel Bold

Lottogewinner
sind mit jeder
Regierung zufrieden

***Gut wäre, wenn
die Andersdenkenden
woanders denken***

Tolerant kann man
immer noch sein,
wenn der andere recht hat

Wenn's Paparazzi gibt,
müsste es eigentlich
auch Mamarazzi geben

Das Schlimmste
für den Humor
ist der Ernstfall

**Passfotos
heißen so, obwohl sie
keinem passen**

BE Lucian Demi · Leroys Hand Plain · Rotis Sans Serif Extra Bold

Alter heißt, dass man
seine Laster nicht mehr
durch den TÜV bringt

Die nackte Wahrheit zieht nicht jeden an

Modeschöpfer hoffen,
dass ihr »letzter Schrei«
nächstes Jahr das Letzte ist

Es gibt keine Idee, die der Chef nicht auch schon gehabt hat

Snob ist einer, der seine Neurosen bei Fleurop bestellt

LÄCHELT, WENN IHR NICHTS ZU LACHEN HABT

Veljovic Black Italic · Wiesbaden Swing · Le Asterix

Die Hölle ist,
nicht zu wissen,
wie sie aussieht

Eigner Herd
McDonald's
wehrt

Der Weg zum Erfolg
ist leider
keine Einbahnstraße

Univers Extended Extra Black Oblique · Childs Play Age Nine · Shannon Book

Fern von Muttern,
muss man
fettes Fast Food futtern

**Die Frage ist,
ob wir
Antworten haben**

*Es ist schon Glück,
nicht das Pech
der anderen zu haben*

ITC Kabel Book/Bold · Frutiger Black · New Century Schoolbook Italic

Nichts macht so alt
wie ein Geburtsdatum,
das lange zurückliegt

Für Inkompetenz
sind bei uns
ganz andere zuständig

WO UNDANK DER LOHN IST,
GIBT ES WENIGSTENS
KEINE ABZÜGE

Windsor BQ Light · Sand · Bank Gothic BT Medium

Irren ist menschlich,
aber das totale Chaos
schafft nur der Computer

In der Politik
sitzen viele,
die eigentlich sitzen müssten

OFT REDEN
DIE NICHTSSAGENDEN
AM MEISTEN

Trixie Text · Peignot Demi · Copperplate 31AB

Man kann
nicht alles tun,
aber lassen

Religion ist eine Art
Vollkaskoversicherung
gegen die Hölle

Pedanten spalten
sogar das Haar
in der Suppe

Helvetica Neue Extended Medium Oblique · ITC Century Bold · Priska Serif Regular

**Das Fernsehen
macht den Menschen
zum homo zappiens**

Für Jugendsünden
ist man
nie zu alt

***Manche schwimmen
so lange, bis sie
baden gehen***

Schmeichelei
ist Lügen
mit Anstand

Ein echter Feind
ist besser
als ein falscher Freund

Auch schlechte Witze
müssen sich gefallen lassen,
erzählt zu werden

Madrone · Franklin ATF BQ Wide · Franklin Antiqua BQ Medium

Auch ein unbeschriebenes Blatt kann sich wenden

DAS TRAGISCHE AM FERNSEHPROGRAMM SIND DIE COMEDY-SHOWS

Ein magerer **Vergleich ist besser als ein fetter Prozess**

Helvetica Neue Extended Light Oblique · Comics Car Toon · Univers 45, 65, 85

***Das Schöne am Zweifel:
Den kann
sich jeder leisten***

*Wenn's vorwärts geht,
fragt keiner,
wohin*

**Bescheidenheit
ist Reichtum
ohne Angabe**

Gill Sans Bold Italic · Cheltenham Book Italic · Akzidenz Grotesk Bold

Arbeit
ist der Umweg
auf dem Weg nach oben

Missverständnis
beginnt immer
mit Miss

Ob Grundsätze
oder Absätze: je höher,
desto unbequemer

Antique Olive Roman · Maximus · Peignot Bold

**Rechtsanwälten
ist jeder Streitwert
einen Streit wert**

***Viele werden
(ohne Taten) im Büro
zu Bürokraten***

**Dass Lachen
die beste Medizin ist,
finden Apotheker lächerlich**

Concorde Bold · Frutiger Black · Rotis Semi Sans Extra Bold

**Es klingt
nicht alles gut,
was man läuten hört**

*Wer alles
auf den Kopf stellt,
hat selber keinen*

**Jugend
ist eine Frage
des Alters**

Gerüchte leben davon, dass man von gewissen Leuten Ungewisses weiß

Wer sein Leben schwänzt, kann nicht aus Fehlern lernen

Teamwörk heißt, dass alle teamen und einer wörkt

Gill Sans Bold Italic · Caslon Buch BQ Medium · Eurostile Extended Two

**Keine Gier
ist so alt
wie die Neugier**

*Die Wahrheit wäre beliebter,
wenn´s nicht so viele
unbeliebte Tatsachen gäbe*

**Plagiate
sind Ideen,
die Vorfahren haben**

Univers Extended Bold · Avant Garde Book Oblique · ITC Garamond Ultra

Kein Zeugnis
für Lehrer
ist mieser als Pisa

Die besten Erfahrungen
sind manchmal
die schlechtesten Ratgeber

Wer Gott anruft,
der braucht
kein Handy

Carolina Regular · Helvetica Regular · Post Antiqua Bold

Mancher hat schon dritte Zähne, aber nie Gewissensbisse

Egoismus ist das Gegenteil von Geiz an sich

Nichts ist leichter zu erkennen als die Fehler anderer

Candida Bold · Folio BQ Medium Extended Italic · Cochin Bold

*Die Geschwindigkeits-
begrenzung wurde auf dem
Dienstweg erfunden*

**Weihnachten
menschelt's
unter den Leuten**

**Was ist schon
der eiserne Wille
gegen bleierne Müdigkeit**

Bookman BQ Light Italic · Berkeley Black · Auriol Bold

**Vor lauter Taten
kommt man nicht
zum Tun**

*In der Kammer
wächst
der Kummer*

**Wer die Arbeit erfand,
hatte wahrscheinlich
nichts zu tun**

Candida Bold · Univers Extended Oblique · Clearface Gothik LH Bold

Mancher geht in Pflichten auf
und dann in diesen
munter unter

**Der Sture
macht seinen Standpunkt
zum Ausrufezeichen**

*Köche
und Modeschöpfer
leben vom Stoffwechsel*

Georgia · Clearface Gothic LH Black · Helvetica Neue Extended Light Oblique

Haltung hat,
wer sich nicht bückt
und doch geneigt ist

VERSUCHUNGEN SIND DAS,
WAS MAN AM LIEBSTEN
PROBIERT

Manche Wohltäter
lassen sich ganz gern
auf frischer Tat ertappen

Cochin Bold Italic · Barcelona Expert BQ Medium, Small Caps · Folio BQ Bold

Schlicht gesagt,
ist Luxus
übertriebener Wohlstand

Gute Programmierer
erkennt man
an ihrem Datendrang

Es ist nicht gut,
in Gottes Hand zu sein,
wenn er die Faust ballt

Der Faule
verliert die Übersicht
ganz langsam

FERNER GIBT'S
AUCH NOCH
NÄCHSTENLIEBE

**Es ist nicht jeder
nichtssagend,
der schweigt**

Ehrhardt MT Semibold · Engravers LH Bold Face · Helvetica Neue Extended Heavy

Optimisten
satteln das Leben
und reiten los

***Make-up
ist die Malerei
an sich***

Die Leichtigkeit des Seins
ist für Banker nur
die Seichtigkeit des Leihns

Folio BQ Medium Extended · Garamond Ultra Italic · Gazette LH Roman

KOMISCH IST,
WENN SICH HUMORLOSE
LÄCHERLICH MACHEN

DIE FRAGE IST,
OB WIR
ANTWORTEN HABEN

**Der Sozialismus
macht alles gleich,
aber nichts sofort**

***Inwendig denken
ist besser
als auswendig lernen***

**Es ist ein Unterschied,
ob man nichtssagend ist
oder schweigt**

*Wenn Gott alle Wünsche erfüllt,
bleibt keiner
für den Schlussverkauf übrig*

Wer seine Grenzen kennt,
müsste öfter mal
den Zöllner bestechen

**Begreift man
das Leben, hat man`s
nicht mehr im Griff**

***Alkohol ist keine Antwort,
hilft aber, die Frage
nicht so ernst zu nehmen***

Duc De Berry · Friz Quadrata Bold · Garth Graphic Bold

**Die Steigerung
von arg
ist Ärger**

WENN HUMOR KAPITAL IST,
DANN MUSS DAS LACHEN
DER ZINS SEIN

**Abenteuer
werden meistens
abends teuer**

Schade, dass wir die meisten Träume verschlafen

Auch in wilder Ehe kann man Männer zähmen

Der Allerklügste gibt nur vor, dass er nachgibt

Fairfield LH Caption Heavy · Univers Extended Extra Black Oblique · Leawood Black

Wahrscheinlich gibt's
aus Tugendgründen
nur so wenig Jugendsünden

***Freunde, die man
mit Geld kaufen kann,
sind billig***

**Vollkommen
sind nur Leute, die eine
Bewerbung schreiben**

**Das Schmutzigste
ist häufig
der Reingewinn**

*Wer im Schmollwinkel sitzt,
will wahrscheinlich
was durchboxen*

**In der Ehe
ist der Mann
die verbesserte Hälfte**

Gazette LH Bold · Gazette LH Italic · Galliard Ultra

Der Verlierer
ist oft gewinnender
als der Sieger

Die Macher
erkennt man
an ihrem Eiligenschein

Das Gute siegt nur,
wenn das Schlechte
gar nicht am Start war

Korinna Kursiv Bold · ITC Kabel Ultra · Usherwood Bold

Du kommst in die Jahre,
wenn die Jahre
in dich kommen

***Lottospieler
träumen
vom Lotterleben***

Handy ans Ohr:
Haben wir uns
noch was zu sagen?

Stone Informal Semibold · Souvenier Bold Italic · Folio BQ Medium Extended

**Wenn beim Geld
der Spaß aufhört,
hat er nie angefangen**

**Das Schicksal
kommt rein,
ohne anzuklopfen**

*Lügen ist die Kunst,
der nackten Wahrheit
etwas anzuziehn*

Korinna Bold · Corona Bold · Eurostile Oblique

Wie soll man zu sich finden, wenn man zerstreut ist?

Die Mittelmäßigen greifen immer zu mäßigen Mitteln

Wer viel sündigt, hat auch wenig Zeit zum Beichten

Quorum Black · Gazette LH Italic · Post Antique Bold

Das Kleingedruckte
hat schon viele
groß gemacht

***Schade, dass es
immer mehr Fragen
als Antworten gibt***

**Traue keinem,
der sich
alles traut**

Hat man endlich
den Platz an der Sonne,
sucht man den Schatten

Kein Kater
ohne
Katzenjammer

Auch Politiker
geh'n zum Glück
mit der Zeit

Erhardt MT Semibold italic · Syntax Ultra Black · Slimbach Medium

**Hüte dich vor Frauen,
die sich in
Schweigen hüllen**

**Leute sind
die andere Art
von Menschen**

***Lügen haben
vielleicht kurze Beine,
aber dafür schnelle Autos***

Centennial Bold · Doric Bold · New Baskerville Bold italic

Unter Regenschirmen gehen Pessimisten, die recht hatten

HÜTE DICH VOR REICHEN, DENEN GAR NICHTS REICHT

Gute Laune kann man fast zu allem tragen

Cushing Heavy · Engravers LH Bold Face · Stone Informal Bold Italic

**Man hat mehr
Pech im Pech
als Glück im Unglück**

*Flirt ist der
Anfangsverdacht
in der Liebe*

**Bei manchen Verwandten
wünschte man sich,
es wären Entfernte**

Revue · Poppl Exquisit Medium · Poppl Pontifex Bold

Ohne Geist
ist jeder Wohlstand
Hohlstand

Oft scheint die Sonne,
wenn man
über seinen Schatten springt

In Wahrheit
wird viel mehr
gelogen

Slimbach Black Italic · Italia Medium · Univers Extended Black

*Bis sie gehen lernen,
muss man die Dinge
nehmen, wie sie kommen*

Männer,
die Krawatte tragen,
haben einen Knoten

***Unter den Rednern
gibt es ausgesprochen
viele Schwätzer***

Life Italic · Letter Gothic Bold · Cochin Bold Italic

Das Teuerste
sind immer
die Sparmaßnahmen

*Es ist nicht gut,
sich mit den Reichen
zu vergleichen*

**Oft wird zum Dorn
im Auge,
was mal ein Röslein war**

Man kann nicht jeden Denkprozess gewinnen

Kinderreichtum ist eine Art von Überzeugung

Gebt dem Papierkrieg einen Korb

Aachen Bold · Helvetica Neue Extended Medium Oblique · Eurostile Bold Extended Two

NICHT JEDER,
DER AUSSCHLÄFT,
VERACHTET DEN REICHTUM

*Ein Lebenskünstler,
der sich sonnt,
ist eine Ausstellung an sich*

**Irgendwann
geh'n auch die Macher
ans Eingemachte**

Copperplate Gothic Bold · Mistral · Fairfield LH Heavy

Manchmal muss man aus dem Vollen schmollen

Zur eigentlichen Last-Minute-Reise wird man gebucht

Das Prinzip, auf dem viele rumreiten, ist ein alter ego

Melior Bold · Slimbach Black Italic · New Caledonia Black

Nichts überrascht so wie das Ausbleiben einer Enttäuschung

AKTIENKURSE STIMULIEREN SO ODER SO

Die Armen gehen mit dem Reichtum leicht um

STEUERNACHZAHLUNGEN
SIND IMMER
AUS DEM LEBEN GEGRIFFEN

*Im Prinzip
wär' alles heiter,
gäb`s weniger Prinzipienreiter*

**Nicht jeder,
der die Sau rauslässt,
hat Schwein**

Omnia · Olympian Bold Italic · New Aster Bold

Modus vivendi: Auf jedem Lokus ein Handy

ÜBER GELD
SPRICHT MAN NICHT,
MAN LÄSST ES SPRECHEN

**Alle warten auf Wunder,
aber keiner
schaut vor die Tür**

Das Gefährliche
am Hochzeitskuchen
sind seine Spätfolgen

**Zum Glück
zählt nicht nur,
was sich rechnet**

***Auf dem Weg nach oben
wird unten immer
am meisten gedrängelt***

Park Avenue · Plantin Bold · Perpetua Bold Italic

Papier ist geduldig, nur das Papiergeld ist ungeduldig

Die Pullewahrzeitung ist der Mülleimer der Pressefreiheit

Wie läuft's auf dem Dienstweg? Es geht

Wer nichts kann,
muss Leute kennen,
die Leute kennen

***Wer gewinnend ist,
hat im Leben
nicht viel zu verlieren***

Gesegnet,
wer Rechtsanwälte
links liegen lässt

Quorum Medium · Auriol Black Italic · Maximus

Frühaufsteher
müssen schneller
oder kürzer träumen

Inkompetenz
ist eine übertragbare
Krankheit

Das Leben wäre schöner,
wenn es nicht aus
lauter Tatsachen bestünde

Raleigh Bold · Auriol Black · Andale Mono

**Nur die Spötter
und Verächter sind die
wahren Tugendwächter**

***Lottospieler sind
schwache Rechner,
aber starke Hoffer***

**Wer fragt,
muss mit Antworten
rechnen**

Rockwell Bold · Plantin Bold italic · Usherwood Black

Nach der PISA-Studie
müssten erst mal
die Lehrer nachsitzen

Lach doch einfach,
wenn`s zum Weinen
nicht reicht

Es gibt keine
neuen Sünden -
nur alte Verführer

Sabon Bold italic · Russel Square · Syntax Ultra Black

Auch Vegetarier kennen den inneren Schweinehund

Ein Mensch ist fertig, wenn er keine Fragezeichen mehr hat

Halbwissen ist schlimmer als Unwissen

Syntax Bold · Sassoon Primary · Folio BQ Bold Extended

Wenn alles gesagt
und getan ist, kommen
die Schwätzer und tun so

**Wer zuletzt lacht,
denkt vielleicht
am langsamsten**

Für Sein oder Nichtsein
ist Omelett wichtiger
als Hamlet

Roration Bold · Shannon Extra Bold · San Marco

Schon ein mäßiges Verhältnis ist verhältnismäßig viel

Aller Anfang ist schwer, vor allem, wenn man aufhören will

Mancher trägt weiter nichts als sein Aussehen

Spartan Classified Heavy · Snell Roundhand Black · Univers Extended Regular

Wenn jeder vor seiner Tür kehrt, sind die Besen bald ausverkauft

Der leise Marx war in der Praxis lauter Murks

Viele wollen's wissen, wissen aber noch nicht, was sie wollen

*Wenn ein Gerücht
erst einmal fliegt,
muss es auch landen*

**Alle kennen McDonald`s,
aber kein Schwein kennt
MacBeth**

Die vielen Standpunkte
machen den Dienstweg
so langsam

Avant Garde Medium Oblique · Sabon Bold · Carolina

Könner sind wichtiger als Wisser - vor allem Besserwisser

Mit der Scheidung kommen die Flitterwochen der Rechtsanwälte

Schwärmer geben ihre Luftschlösser zur Besichtigung frei

Syntax Bold · Stempel Garamond Bold Italic · Americana Bold

Der Mensch
braucht keine Hinhörer,
sondern Zuhörer

**Man schiebt
viel lieber auf
als an**

***Was nützt die Wahrheit,
wenn sowieso
keiner was glaubt***

American Typewriter Medium · Americana Extra Bold · Rockwell Bold Italic

Relativ heißt, dass Wahrsager Zwarsager sind

Prachtmenschen sind uns viel lieber als Machtmenschen

Mancher macht gar nichts – außer Karriere

Die Beamtenlaufbahn
hat nichts
mit laufen zu tun

**Am Anfang
war das Wort - am Ende
die Talkshow**

***Auch Atheisten
glauben ans
jüngste Gerücht***

Cochin bold · Friz Quadrata Bold · Usherwood Black Italic

Die richtigen Polterabende kommen erst in der Ehe

Man darf nicht alles glauben, was man hört, aber zum Weitererzählen reicht`s

Nichts macht so sprachlos wie treffende Worte

Clearface Gothic LH Black · Bookman BQ Medium · Univers Extended Oblique

**Die Faustregel ist,
dass man sich
durchboxen muss**

**Klatschmäuler
sind die schlimmsten
Gerüchtsvollzieher**

***Wer verschnupft ist,
hat laufend
Probleme***

Minion Black · Revue · Sabon Bold Italic

Der Zeitgeist
überdeckt viel
Leid meist

Man lebt riskant
und offenbar auf
eigene Rechnung & Gefahr

Der Patient
ist das größte Handicap
zwischen Praxis + Golfplatz

Memphis Extra Bold · Futura Oblique · Foundry Monoline Bold

Bitte warten Sie
mit dem Rauchen bis zu
Ihrer Feuerbestattung

Weder Gönner
noch Verwöhner
geh'n zu Donald oder Döner

IM KAPITALISMUS
SIND ALLE
MONEYPULIERT

Das ewige Auf und Ab
macht uns fertig –
vor allem das Ab

Deutschsein heißt,
Satire lächerlich
zu finden

MACHT FÜHRT DAZU,
DASS SPENDEN
KEINE AFFÄRE SIND

**Alte Liebe
rostet nicht,
sie rastet höchstens**

***Wer nicht
singen kann,
soll darauf pfeifen***

**Diese Eile
macht uns
langsam fertig**

Meridian Bold · Vectora LH Black · Univers Bold Extended

Wer keine Ideen hat,
kann immer noch
die anderen zerreden

Der Zahn der Zeit
beisst sich durchs Leben,
beisst du zurück,
beisst du daneben

Der Venus von Milo
fehl'n ein paar Kilo.
Man muss sich der Armen
deshalb erbarmen

Die Liebe kommt,
die Liebe geht,
dem Reim zuliebe
kommt sie spät

Alle Bücher werden besessen,
manche Bücher gelesen,
aber nur die wenigsten
besessen gelesen

Gott befahl:
Es werde Licht,
doch manche Leuchte
weiß das nicht

Weidemann Black italic · Akzidenz Grotesk Roman · Post Antiqua Bold

**Bulletten sind
weibliche Polizisten:
Mehr im Hemd,
weniger in der Hose**

***Das Internet bringt Leute
so zusammen,
dass sie bleiben können,
wo sie wollen***

**Raser sind Männer,
die mit ihren
Pferdestärken
wie Esel umgeh'n**

Franklin Gothik Heavy · Memphis Bold Italic · Garamond Ultra

Das Gute am Internet:
Du kommst mit Leuten
zusammen und musst
doch keinen ausgeben

Es genügt nicht,
keine Ahnung zu haben,
man muss auch
anderer Meinung sein

Das zarte Geschlecht
hat immer recht -
oder (viel schlimmer)
soviel wie fast immer

**Je weniger sich
die Leute zu sagen haben,
desto höher
werden die Telefonrechnungen**

***Gib dem Mann einen Fisch
und er kann einen Tag essen,
gib ihm eine Angel
und er kann jahrelang prahlen***

**Umsunst ist in der Ehe
nur die Gunst –
und eigentlich, präzise
gerechnet, nicht mal diese**

News Gothik Bold · Melior Bold Italic · Weiss Extra bold

Was den Menschen vom Affen unterscheidet, sind die Einschaltquoten

Kluge Überredung ist oft nur beredtes Schweigen

Die Ausrede ist der Nachsatz zum guten Vorsatz

Windsor-BQ Bold · Helvetica Neue Extended Light · Walbaum Bold Italic

Astrologen sind Leute, denen die Sterne nicht schnuppe sind

Tat-Sache ist, dass die meisten nichts tun

Theorie ist, wenn praktisch nichts funktioniert

Franklin Gothik Demi Oblique · Tobis Hand Plain · Trixie-Text

Manche Menschen passen nicht einmal zu sich selbst

Bei den Chemikern ist das Problem immer die Lösung

Das Können ist der beste Freund des Wollens

Akzidenz Grotesk Black · Melior Bold Italic · New Aster Black

*Was wir Realität nennen,
ist oft nur
die Wirklichkeit*

**Man muss
auch mal vielleicht
sagen können**

**Umwerfend
sind Frauen, die ihre
Rechte benutzen**

**_Soll oder Haben,
das ist die
eigentliche Frage_**

Den Fels der Affen
findest du leichter
als den Stein der Weisen

Wer keinen
Spaß versteht,
hat ein ernstes Problem

Eine Hand cashed die andere

WENN FRAUEN
MÄNNER BABY NENNEN,
iST GEFAHR iM ANZUG

Auch beim Kritisieren
ist Geben seliger
denn nehmen

Dem Bürokrat
ist alles fad,
wenn er keine Akten hat

***Der Kluge
lässt seine Erfahrungen
von anderen machen***

*Diagnosen sind wichtig –
wovon sollten Kranke
sonst reden?*

Gill Sans Regular · Plantin Bold Italic · Medici Script

Eine Ehe ist gut, wenn nicht
jede Regierungskrise
gleich zu Neuwahlen führt

*Laster
sind Vergnügen
mit schlechtem Gewissen*

**Reue ist der Vorsatz,
sich beim nächsten Mal
nicht erwischen zu lassen**

Granjon Bold · Serpentine Medium · Shannon Extra Bold

Die Gerüchte sind nicht an die Wahrheit gebunden

Frauen mit großen Hüten sind ein Ärger für Männer. Vor allem im Kino

Schlechten Erfahrungen traut man nur, wenn man sie selbst gemacht hat

Guardi Black Italic · Avant Garde Medium · Impact

Das Nackteste
im Fernsehen
sind nicht die Tatsachen

Mit Geld wird
vieles gekauft, was man sich
schenken kann

Gewissensbisse heißt,
dass uns ein gewisses
Wissen beißt

**Manche
Leute können
schwindelerregend lügen**

*Schmeicheleinheiten
sind genauso wichtig wie
Streicheleinheiten*

**Nichts ist so eilig,
dass man das Abwarten
übereilen sollte**

Futura Bold · Avant Garde Book Oblique · Weiss Extra Bold

**Halb so schlimm
ist fast schon wieder
doppelt so gut**

Wer in sich selbst
verliebt ist,
hat immer Flitterwochen

***Vordenker
sind Leute,
die nachdenken***

Das Träumen
kann man lernen –
nur die Erfüllung nicht

Viele sind
krankhaft bemüht,
gesünder zu leben

Sehen kann jeder,
aber mit dem
Einsehen hapert's

Edwardian Script · Goudy Heavyface · Maximus

**Viele Probleme
legen sich – aber
leider nur auf Termin**

NOTFALLS
GEHT MAN GERN
ZU ZWEIT ZU WEIT

**Es sind
die dicken Brocken,
die uns locken**

Joanna MT Extra Bold · Le Asterix · ITC Kabel Ultra

Wer bis zum Hals
in der Scheiße steckt, soll
nicht zustimmend nicken

BESSERWISSER
KANN MAN NICHT
VERBESSERN

*In schlechten Zeiten
gut zu träumen –
das ist traumhaft*

Leroys Hand Plain · Trajan Bold · Leawood Medium Italic

Mancher macht viel von sich reden – beim Rest tun`s die anderen

Bei der Suche nach Konsens entsteht viel Nonsens

Die Wahrheit ist ein Stiefkind der Presse

Berkeley Black · Franklin Gothik Book Oblique · Trade Gothik LH Bold Extended

**Das Fernseh'n erzieht
die Kinder
zum Sitzenbleiben**

***Lassen wir
die Tatsachen
schweigen***

**Dummes Zeug reden
ist leichter
als dummes Zeug hören**

Franklin Gothik Demi · Veljovic Black Italic · Veljovic Black

INFLATION WIRKT SICH
SO AUS,
DASS DER SCHEIN TRÜGT

***Baisse ist,
wenn die Börse
böse ist***

Die Gesellschaft
ist unterprivilegiert,
aber überfressen

Copperplate 30 AB · Univers 65 Bold Oblique · Verdana

**Es ist nicht wichtig,
was man mitbringt,
sondern was man dalässt**

Das Dumme ist,
dass sich auch
Dämliche fortpflanzen

***Für Weihnachtsgänse
sind die Christen
Massenmörder***

Glypha Bold · Comic Sans MS · Esprit Black Italic

Das Schicksal
ist reich,
aber geizig

**Nachdenken
ist gar nicht gut
für den Mut**

*Komplimente
sind Geschenke,
die keiner umtauscht*

**Kesch ist fesch,
nur Bares
ist Wahres**

*Man kann gegen den Strom
schwimmen, aber nie gegen
die Stromrechnung*

***Nicht jeder, der auf
dem hohen Ross sitzt,
kann reiten***

Helvetica Neue Extended Heavy · Letter Gothik Bold Slanted · Times Bold Italic

Die schönsten Busen sind oft gar nicht zu fassen

DIE MEISTEN LEBENSKÜNSTLER SIND AUCH LIEBESKÜNSTLER

Snobs sind Leute, die am Polterabend mit Meissen schmeißen

Leawood Bold italic · Trajan · Wilke Black

Langer Atem ist gut,
außer man hat
Knoblauch gegessen

Jeder weiß alles,
aber keiner
Bescheid

Wenn der Keschfloh
weg ist,
kommt der Kuckuck

Esprit Bold · Gill Sans Extra Bold · Veljovic Black Italic

Touristenklasse ist, wo der Mensch noch nach Mensch riecht

Noch schlimmer als Gemeinplätze sind Hundsgemeinplätze

Die Würde des Menschen ist unantastbar; das Tastbare ist unwürdig

Wenn schon
Runzeln,
dann vom Schmunzeln

Petting ist,
wenn einer seine Hand
im Spiel hat

BILD
schadet – nicht nur
der Bildung

Sabon Bold · Trade Gothik LH Extended · Formata Bold Italic

Schöner als der
Cyber Space ist ein
schönes Weiberface

Drum prüfe,
wer sich ewig schindet,
was man im Sozialamt findet

Bevor du die Flinte
ins Korn wirfst,
solltest du einen trinken

Goudy Bold Italic · Clearface Bold · Guardi Black

*Bauchredner sprechen,
wie ihnen der Nabel
gewachsen ist*

**Es gibt
nichts Schlechtes,
außer man möcht' es**

*Es gibt
nichts Nacktes,
außer man packt es*

Tekton Bold Oblique · Serpentine Bold · Avant Garde Book Oblique

Keine Kaufkraft, aber Saufkraft

Lieber der erste im Verkehr, als der letzte im Stau

Die Rechtschreibrevorm macht alle ferrückt, auser Annafal beten

Viele Häschen
sind des
Junggesellen Tod

*Leise sind
nicht alle Weisen und nicht
lauter alle Leisen*

**Lieber lauter Dübel dübeln,
als leise
über Übel grübeln**

Spumoni LP · Esprit Bold Italic · Gill Sans Bold

**Glücklich ist, wer vergisst,
was man bei
McDonald's isst**

***Was den Leuten
oft fehlt,
ist das Menschliche***

GOTT IM HIMMEL SCHÜTZE DICH
VOR PEST UND
FRAUEN MIT BINDESTRICH

Eras Demi · Franklin Gothik Demi Oblique · Omnia

Männer haben immer das vorletzte Wort

Wer abnehmen will, ist Hin- und Wiederkäuer

Die Lösung haben wir. Was wir noch suchen, ist das Problem

Die meisten Snowboarder sind keine Schiiten

Seid internet zueinander

Unter den Blindenhunden ist der Seehund König

AIDS bekommt man,
wenn man
ohne Dings bumst

Kandidaten kommen
nur in Stimmung,
wenn die Stimmen stimmen

Ohne Hek
auch
kein Tik

Block BE Italic · Times Bold · Blackoak

**Besser als Notlügen
ist überhaupt
not lügen**

**Manchmal kauert
er banal nur so da
und lauert kal**

***In der Weite
spielte leise
einer saitenweise Geige***

Eras Ultra · WindsorBQ-Bold · Berkeley Bold italic

Sex-Appeal ist,
wenn die Männer
mit den Augen rumkurven

**Kein Montag
ohne
Gähn-Versuche**

***Er nahm Bezug
auf sein Kopfkissen
und schlief weiter***

Intuition ermöglicht Frauen,
ganz sicher zu sein,
ohne es genau zu wissen

Viele Schelme,
die Gott schuf, sind
nicht besser als ihr Ruf

DIE MÄNNER
SIND ALLE
VERSPRECHER

Goudy Bold Italic · San Marco · Bermuda LP Squiggle

Was früher mal
Anlache war,
ist heute Anmache

DER WITZ IST,
DASS DIE KOMISCHEN
KEINEN HUMOR HABEN

**Die Ungeduldigen
trauen sich schon
vor dem Standesamt**

Postino Italic · Comics Car Toon · Candida Bold

Letzten Endes sind alle Tatsachen Todsachen

Jeder Depp
schreit
nach 'ner Website

Flört ist der Fehler, den man am Anfang macht

Gill Sans Bold Italic · DIN Mittelschrift · Veljovic Black Italic

Manchmal ist die
sechste Hölle schöner
als der siebte Himmel

***Das Internet
ist eventuell
im Winter nett***

**Was man sich
anlacht, ist nicht
immer heiter**

Spartan Classified Heavy · Univers Extended Extra Black Oblique · Wilke Black

Wo ein Büro ist, sind auch Kraten

Die Ausreden sind heute so billig, dass sie sich jeder leisten kann

Unter den Einsilbigen ist der Zweisilbige Schwätzer

Unerforscht
ist immer noch
die Dunkelziffer der Hellseher

***Die Erbmasse
verringert sich mit der
Masse der Erben***

***Das Nein einer Frau
ist eventuell
ein Vielleicht***

Clearface Bold · Frutiger Black Italic · Fairfield LH Caption Heavy

**Wenn die Ehe
vernünftig wäre, würde man
im Verstandesamt heiraten**

*Das Glück
ist die Schwiegermutter
des Zufalls*

**Der noch Klügere
gibt nur vor,
dass er nachgibt**

Friz Quadrata Bold · Serifa Italic · Frutiger Ultra Black

Das Glück steht wahrscheinlich im Stau oder was

Ob Mark oder Euro: alles wird teuro

DER TOD BRINGT IMMER EINE GEWISSE WENDE INS LEBEN

**Nicht jeder,
der weggeht,
ist fortgeschritten**

***Michelangelo
hat nach jeder Malzeit
noch was gegessen***

**Junggesellen
fehlt zum Glück
die Frau**

Avant Garde Bold · Trump Mediaeval Bold Italic · Garth Graphic Black

**Irgendwie
sind alle Männer
berührend**

**Das Kind im Manne
kommt oft teurer
als das in der Frau**

*Unterhalt ist
die Mautgebühr
auf der Straße der Liebe*

Vectora LH Black · Auriol Black · Futura Book Oblique

Es ist die Hölle,
von Teufeln
angehimmelt zu werden

***Wer ohne Vorfahrt
vorfährt, kann seinen
Vorfahren nachfahren***

KAISER NERO
WAR EIN
ANSTECKENDER RÖMER

Sabon Bold · Frutiger Black Italic · Omnia

**Wenn Trucker fremdgeh'n,
spricht man
vom Fernverkehr**

*Frauenfeindlich ist auch,
wenn man von
Benutzeroberfläche spricht*

**Wenn 's Können
nicht reicht,
will wenigstens wollen**

Revue · Candida Italic · Glypha Bold

**Ein dummes Gesicht
und gute Manieren
sind besser als gar nichts**

Boulettenwettbewerb
führt früher oder später
zum Burgerkrieg

**Die vorläufig endgültige
Ausnahmeregelung
gilt unwiderruflich**

Friz Quadrata Bold · Sho Roman · Versailles Black

Unterm Strich und schon als solche sind Juristen Brago-Strolche

Liebe kostet nichts, aber die Windeln geh'n ganz schön ins Geld

In jedem Menschen steckt ein Künstler - aber wehe, wenn er rauskommt

Garth Graphic Extra Bold · Arnold Böcklin · Esprit Black italic

Alle Männer,
die man sich angelt,
haben einen Knoten

Wie man sich verzettelt,
steht auf einem
ganz anderen Blatt

Was nützt es,
in sich zu gehen,
wenn nichts dabei rauskommt

Blur Medium · Kids · Auriol Black

*Frauen sind
schwer zu versteh'n,
aber gut zu begreifen*

**Alle Menschen
sind Brüder,
bis auf die Schwestern**

Satturiert sind Leute,
denen der Hunger
zum Hals raushängt

Frühling ist,
wenn die Männer
unverfroren werden

Wo sich Männer meistens tummeln: Fußball, Formel 1 und Fummeln

Toleranz bedeutet, dass ein Verhältnis keine Affäre ist

Kompromissbereitschaft
ist die Bereitschaft der Miss,
mit sich reden zu lassen

Es geht nichts
über eine
ordentliche Schlamperei

Frauen behalten meistens das letzte Wort - aber nicht immer für sich

Avant Garde Demi · Sand · Formata Bold Italic

Nichts färbt auf Menschen so ab wie die Mattscheibe

Die Wegwerfgesellschaft, die müsste man eigentlich wegwerfen

Frauen lügen nicht, sie schminken höchstens die Wahrheit

Eurostile Bold Oblique · Cooper Black · Weidemann Bold Italic

Seit der Minirock
ausgestorben ist,
kommen die Männer zu kurz

Es ist nicht immer
Falschgeld,
wenn der Schein trügt

Lustige Menschen
sind nicht so gefährlich
wie listige

Peignot Bold · Bank Gothik BT Medium · Comic Sans MS

Bei ungeschminkten Tatsachen ist nur das Make-up ab

Frauen, die man im Sturm erobert, segeln ungern in der Flaute

Schnellgerichte verurteilen die Menschheit zum Fressen

Reiseveranstalter bringen viele Leute auf die Palme

Wir können
auch anders.
Aber wir wollen nicht

Der Geist, der stets bejaht, ist fad

Gadget · Palatino · Univers Extended Bold Oblique

Wen der Schlaf
nicht übermannt,
den überweibt er

Lange nach dem
Klassenkampf machen
sie den Kassen Dampf

Neffen kann man
mitnichten
vergleichen

Esprit Bold Italic · Eurostile Bold Condensed · Avant Garde Book

Jede Brücke
ist eine
Übergangslösung

Mit dem Barometer
steigt auch
der Lustdruck

Auch
das Schicksal
trickst mal

ES SINGT
DIE NACHTIGALL
(ALS SOLCHE)
AUCH FÜR GAUNER
UND FÜR STROLCHE,
SINGT FÜR STRICHER
ODER STREICHER,
FRAGT NICHT
"ARMER ODER REICHER",
SONDERN SINGT
DIE PARTITUR
IMMER PARITÄTISCH NUR,
UND SIE SINGT
FÜR SCHRÄGE KLÄGER
EBENSO
WIE MITGIFTJÄGER,
ABMAHNGEIER,
WÜRDENTRÄGER,
SCHRIFTSATZSCHINDER,
HURENSÖHNE,
HALSABSCHNEIDER
UND FÜR
RECHTSANWÄLTE:
LEIDER.

BRAGOisten nennen es Markenverunglimpfung

Markenmenschen verstehn keinen Spaß, wenn Unbefugte ihre Marke befummeln. Anders als Sportler, Politiker, Bundespräsidenten und andere Schauspieler, die nichts dagegen tun können, verscheißert zu werden, sind Marketingler zänkisch und zimperlich. Für sie ist Werbe-Satire ein Sakrileg. Ist Gotteslästerung, was bestenfalls Spotteslästerung sein kann. Sie reden von Imitschschädigung und behaupten, dass ihre Marken-Identität leidet, wenn man ihr Logo lächerlich macht.

Gierig & geldgeil greifen Rechtsanwalts-Rudel diese “Markenverunglimpfung” auf. Weil sie abmahnen und gebührend kassieren können. Mit astronomischen Streitwerten wollen die BRAGOisten*) den Satiriker an seiner empfindlichsten Stelle treffen, dem Konto. Wie gut, dass Kuno Klaboschke gar kein Bankkonto hat. Er lebt (amtsbekannt pfandlos und landbekannt amtslos) bescheiden am Fuße der Alpen und lobt das Grundgesetz: “Jeder hat das Recht, seine Meinung in Wort, Schrift und Bild ... eine Zensur findet nicht statt.”

*) In der **B**undes-**R**echts-**A**nwalts-**G**ebühren-**O**rdnung zusammengeschlossene Organe der öffentlichen Rechtspflege, die sich (nach Hammerstein-Biesenbrink) schwarz verkleiden, um den Kostenfestsetzungsanträgen mehr Würde zu verleihen.

Block BE Italic · ITC Kabel Medium · ITC Kabel Bold

Die schönsten Pausen sind lila

Die Eckwegkarten von Kuno Klaboschke

Nur echt mit dem weggen Eck

Das wegge Eck wurde unserer Umwelt zuliebe bereits werksseitig mit dem grünen Punkt versehen, chlorfrei vorrecycled und wieder sanft dem Wertstoffkreislauf zugeführt.

Aus: Klages' Tages-Spruch Kalender (Hängt an der Wand und gibt zu denken)
DIE DATEI HAT IMMER RECHT
Mario Eisenbarth
©Klages' Tages-Sprüche • T: (+49) 08063-6060 F: (+49) 08063-7936

Aus: Klages' Tages-Spruch Kalender (Hängt an der Wand und gibt zu denken)
CONDOME SIND SCHNELLER GEWECHSELT ALS WINDELN
San Francisco
©Klages' Tages-Sprüche • T: (+49) 08063-6060 F: (+49) 08063-7936

Aus: Klages' Tages-Spruch Kalender (Hängt an der Wand und gibt zu denken)
KEIN BOCK AUF ZIEGEN
KUNO KLABOSCHKE
©Klages' Tages-Sprüche • T: (+49) 08063-6060 F: (+49) 08063-7936

Aus: Klages' Tages-Spruch Kalender (Hängt an der Wand und gibt zu denken)
PAPARAZZI sucht MAMARAZZI
Kuno Klaboschke
©Klages' Tages-Sprüche • T: (+49) 08063-6060 F: (+49) 08063-7936

Aus: Klages' Tages-Spruch Kalender (Hängt an der Wand und gibt zu denken)
JESUS LIEBT DICH
ABER WIR ANDEREN HALTEN DICH FÜR EIN ARSCHLOCH
Szene, Wuppertal
©Klages' Tages-Sprüche • T: (+49) 08063-6060 F: (+49) 08063-7936

Aus: Klages' Tages-Spruch Kalender (Hängt an der Wand und gibt zu denken)
DA GEHT MAN IN SICH UND KEINER IST DA!
KLAUS KLAGES
©Klages' Tages-Sprüche • T: (+49) 08063-6060 F: (+49) 08063-7936

Aus: Klages' Tages-Spruch Kalender (Hängt an der Wand und gibt zu denken)
AIDS BEKOMMT, WER OHNE DINGS BUMST
KUNO KLABOSCHKE
©Klages' Tages-Sprüche • T: (+49) 08063-6060 F: (+49) 08063-7936

Aus: Klages' Tages-Spruch Kalender (Hängt an der Wand und gibt zu denken)
DER SELBE CIRKUS. ANDERE CLOWNS.
©Klages' Tages-Spr che • T: (+49) 08063-6060 F: (+49) 08063-7936

SAFE SEX
Nicht immer...
aber immer öfter!

TUNTE
DAS IST JA
INTERESSANT

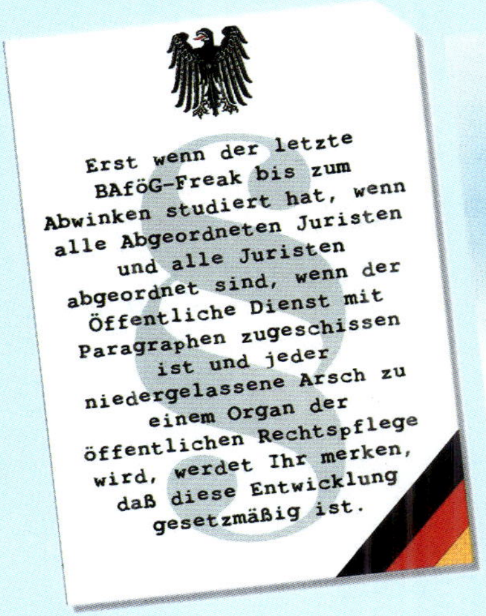
§
Erst wenn der letzte
BAföG-Freak bis zum
Abwinken studiert hat, wenn
alle Abgeordneten Juristen
und alle Juristen
abgeordnet sind, wenn der
Öffentliche Dienst mit
Paragraphen zugeschissen
ist und jeder
niedergelassene Arsch zu
einem Organ der
öffentlichen Rechtspflege
wird, werdet Ihr merken,
daß diese Entwicklung
gesetzmäßig ist.

Fuck the Internet
http://www.compunerve.de

ACHTUNG: GEN-VERSUCHE!
BEIDE PFERDE
BITTE NICHT FÜTTERN

BOMBARDIEREN
Cocalisieren
Marlborosieren
McDonaldisieren
Rumsfeld
wie der Name schon sagt
"Unter allen Despoten, mit denen ich mich herumschlagen musste, ist keiner so rücksichtslos wie Donald H. Rumsfeld"
Henry Kissinger in Time Magazine
DEPARTMENT OF DEFENSE
IN OIL
WE TRUST

WAHNSINN:
England hat BSE
Bayern hat CSU
ABER ENGLAND TUT WAS DAGEGEN
Sponsored by SPD

Aus: Klages' Tages-Spruch Kalender (Hängt an der Wand und gibt zu denken)
Geiler als der Cyber-Space ist ein schönes Weiber-Face
Klaus Klages
©Klages' Tages-Sprüche • T: (+49) 08063-6060 F: (+49) 08063-7936

Aus: Klages' Tages-Spruch Kalender (Hängt an der Wand und gibt zu denken)
Hoffentlich wird's nicht so schlimm wie es ist
Karl Valentin
©Klages' Tages-Sprüche • T: (+49) 08063-6060 F: (+49) 08063-7936

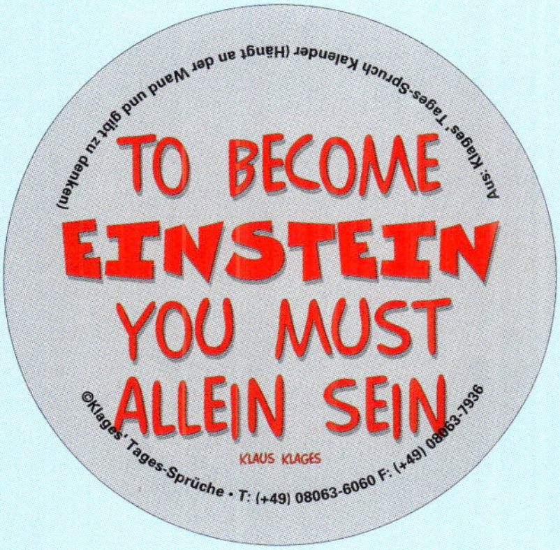
Aus: Klages' Tages-Spruch Kalender (Hängt an der Wand und gibt zu denken)
TO BECOME EINSTEIN YOU MUST ALLEIN SEIN
KLAUS KLAGES
©Klages' Tages-Sprüche • T: (+49) 08063-6060 F: (+49) 08063-7936

Aus: Klages' Tages-Spruch Kalender (Hängt an der Wand und gibt zu denken)
Lächelt wenn Ihr nichts zu lachen habt
Klaus Klages
©Klages' Tages-Sprüche • T: (+49) 08063-6060 F: (+49) 08063-7936

FÜR MICH
IST JESUS
GESTORBEN

Sponsored by Käfer
Guck Mal wer da bricht

fick
FOR FUN

Sponsored by IBM
intel inside
Give your dreams a chance.

Freude
am Sparen

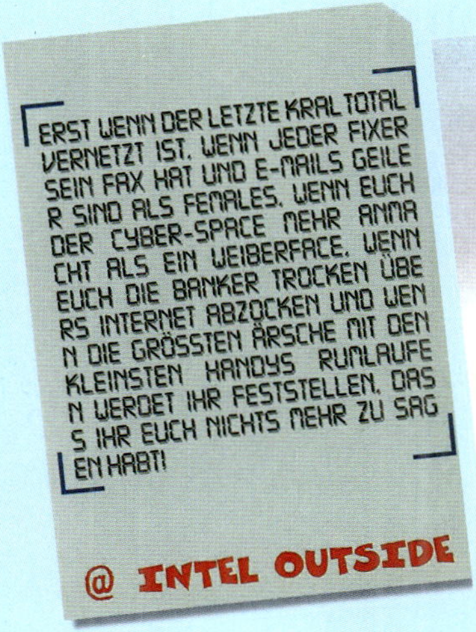
ERST WENN DER LETZTE KRAL TOTAL
VERNETZT IST, WENN JEDER FIXER
SEIN FAX HAT UND E-MAILS GEILE
R SIND ALS FEMALES, WENN EUCH
DER CYBER-SPACE MEHR ANMA
CHT ALS EIN WEIBERFACE, WENN
EUCH DIE BANKER TROCKEN ÜBE
RS INTERNET ABZOCKEN UND WEN
N DIE GRÖSSTEN ÄRSCHE MIT DEN
KLEINSTEN HANDYS RUMLAUFE
N WERDET IHR FESTSTELLEN, DAS
S IHR EUCH NICHTS MEHR ZU SAG
EN HABT!
@ INTEL OUTSIDE

OBI
URBI ET OBI

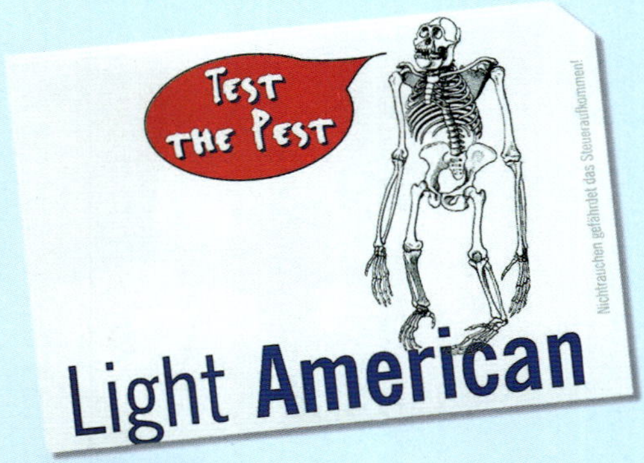
TEST THE PEST
Nichtrauchen gefährdet das Steueraufkommen!
Light American

Ein Bild sagt mehr als 1000 Morde
Deutschlands größte Pullewahrzeitung

Erst wenn der letzte Tante-Emma-Laden zum Versicherungsbüro geworden ist, in jedem Wohnblock eine Bankfiliale eröffnet und das letzte Gasthaus geschlossen hat, werdet Ihr feststellen, daß man bei McDonald's nicht essen kann.
KUNO KLABOSCHKE

We Shell
never forget

RISIKOMATERIAL
sponsored by
DÖNER KEBAB

Ein Brauner unter lauter Schwarzen
CSU
WIR MACHEN DEN WEG FREY

AIDS komt dafon,
dass man ohne
Dings
bummst!

ICH
BREMSE
AUCH FÜR
BIERE
GEGEN RISIKEN & REBENWIRKUNGEN

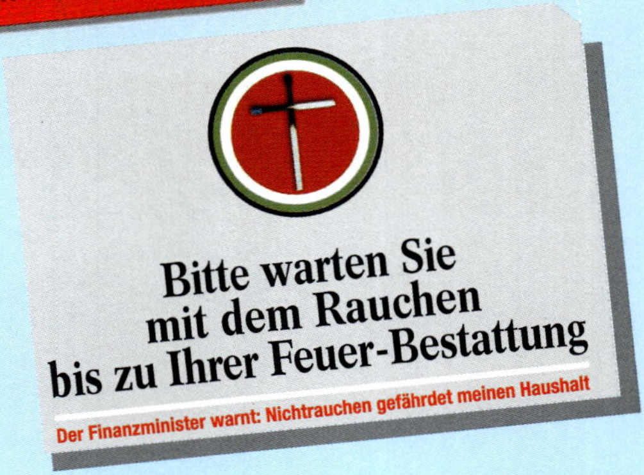
Bitte warten Sie
mit dem Rauchen
bis zu Ihrer Feuer-Bestattung
Der Finanzminister warnt: Nichtrauchen gefährdet meinen Haushalt

Aus: Klages' Tages-Spruch Kalender (Hängt an der Wand und gibt zu denken)
Killing for peace is like fucking for virginity
Woodstock
©Klages' Tages-Sprüche • T: (+49) 08063-6060 F: (+49) 08063-7936

Aus: Klages' Tages-Spruch Kalender (Hängt an der Wand und gibt zu denken)
Petting ist, wenn einer seine Hand im Spiel hat...
Kuno Klaboschke
©Klages' Tages-Sprüche • T: (+49) 08063-6060 F: (+49) 08063-7936

Aus: Klages' Tages-Spruch Kalender (Hängt an der Wand und gibt zu denken)
SHIT HAPPENS
KA KE
©Klages' Tages-Sprüche • T: (+49) 08063-6060 F: (+49) 08063-7936

Aus: Klages' Tages-Spruch Kalender (Hängt an der Wand und gibt zu denken)
Sex ist, wenn Träume in Erfühlung gehn
Kuno Klaboschke
©Klages' Tages-Sprüche • T: (+49) 08063-6060 F: (+49) 08063-7936

Aus: Klages' Tages-Spruch Kalender (Hängt an der Wand und gibt zu denken)
Glück
ist schon,
nicht das Pech
der anderen
zu haben
Klaus Klages
©Klages' Tages-Sprüche • T: (+49) 08063-6060 F: (+49) 08063-7936

Aus: Klages' Tages-Spruch Kalender (Hängt an der Wand und gibt zu denken)
Bitte
warten Sie mit
dem Rauchen
bis zu Ihrer
Feuerbestattung
Klaus Klages
©Klages' Tages-Sprüche • T: (+49) 08063-6060 F: (+49) 08063-7936

Aus: Klages' Tages-Spruch Kalender (Hängt an der Wand und gibt zu denken)
Nicht alles,
was zwei
Backen hat,
ist ein
Gesicht
Fred Endrikat
©Klages' Tages-Sprüche • T: (+49) 08063-6060 F: (+49) 08063-7936

Aus: Klages' Tages-Spruch Kalender (Hängt an der Wand und gibt zu denken)
Man muß
das Chaos
nehmen,
wie es
ist
Klaus Klages
©Klages' Tages-Sprüche • T: (+49) 08063-6060 F: (+49) 08063-7936

Nettwörk
Von Mensch zu Mensch
T · · ·

Der
Name
der
Dose!

SperrMüll

Alles Killer oder was?
BUNDESWEHR

AUCH KOHL
IST BIOLOGISCH
ABBAUBAR.
Aber warum so lange warten?
Sponsored by PDS

Was ist das für ein Land,
in dem sich eine junge Frau
schon tagsüber nicht mehr
nackt auf die Straße traut?

Aus: Klages' Tages-Spruch Kalender (Hängt an der Wand und gibt zu denken)
Man kann nicht alles auf einmal tun, aber lassen
Deutscher Beamtenbund
©Klages' Tages-Sprüche • T: (+49) 08063-6060 F: (+49) 08063-7936

Aus: Klages' Tages-Spruch Kalender (Hängt an der Wand und gibt zu denken)
Wenn es Buhmänner gibt, muß es auch Buhfrauen geben
Klaus Klages
©Klages' Tages-Sprüche • T: (+49) 08063-6060 F: (+49) 08063-7936

Aus: Klages' Tages-Spruch Kalender (Hängt an der Wand und gibt zu denken)
NICHT JEDER, DER EINEN KATER HAT, IST TIERLIEB
KLAUS KLAGES
©Klages' Tages-Sprüche • T: (+49) 08063-6060 F: (+49) 08063-7936

Aus: Klages' Tages-Spruch Kalender (Hängt an der Wand und gibt zu denken)
Mit dem Bezahlen verplempert man das ganze Geld
Deutsche Bundesbank
©Klages' Tages-Sprüche • T: (+49) 08063-6060 F: (+49) 08063-7936

SEID
INTERNET
ZUEINANDER
SPONSORED BY T···

Bitte ein Bett!

Bild
Dir keine
Meinung!

NEUN VON
ZEHN MÄNNERN, DIE
CAMELS
PROBIERT HABEN,
BEVORZUGEN FRAUEN

TIERMEHL
Zu riesigen Nebenwirkungen
fragen Sie Ihren Bauernverband oder die Bundesregierung

„WER IST HSV-POSITIV ?“

Marlboro
macht Cowboys so

Sponsored by Döner
ISMIR
ÜBEL

MOSHAMMER
MOSHAMMER
Sponsored by
C&A
"Nix im Kopf,
aber Moos hamma!"

Welcome to Marlboro Country

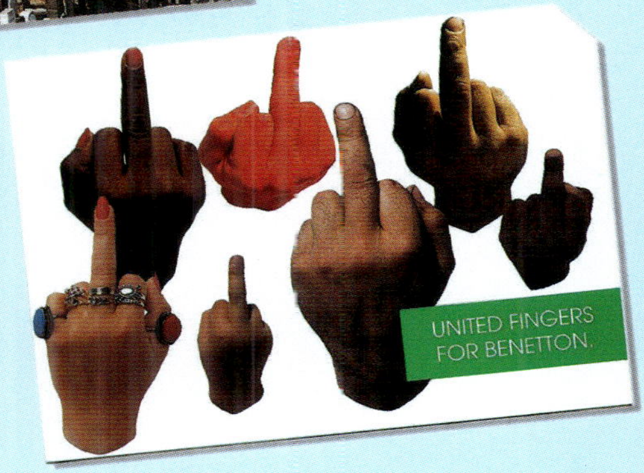
UNITED FINGERS
FOR BENETTON.

Die alte SS-Klasse

680.000 Jugendliche (14–19 Jahre) lesen die größte Pullewahr-Zeitung
Die Wahrheit über meine Ehe
Bild
ein Dieb!
Lisa Bildet sich und scheißt auf Pisa

MB AC 812
Nichts ist unmöglich!

Du schwarz!
Ich weiß!

n·tv
Gut zu missen.
Sponsored by

Kampf
den Faxisten
SCHREIBT MEHR KARTEN!

Sponsored by
HARIBO MACHT KINDER SO